大阪の俳句―明治編8

野田別天楼句集

雁来紅

編集・大阪俳句史研究会
ふらんす堂刊

目次

春

春浅

人が行く春浅き野をなびかして

春浅き野に裸木のかげりかな

春めく

いつくしみの眼に春めける空ひろく

二月

田のくもり晴る、二月の山近く

余寒

待つに来ず浦は余寒の砂白き

冴返る

冴返る土をつかみてゐる鳥よ

憎むにもあらずともし灯冴返る

灯のもとに綺羅をつくして冴返る

暖か
うらゝ
日永
春の暮
春夕

冴返る灘夕ばえの舟にゐて
暖かな道長く海につきあたり
おごそかな塔をめぐりて木々うらゝ
わが心しらず麗な日のあたる
神代よりつづきて永き日なりけり
懐に物ねぢこみて日の永き
籠になれし小鳥みなゐて春の暮
ありありて舟にもどれば春夕

春の夜

朧

久米寺にて

礎にもたれつかれて春夕
春の夜のこととはなしに更けてある
おぼろ夜につゝまれ神の懐に
待つとなく土の朧をふみてゐる
朧より生るゝ星のまたゝきて
ふんでゐる土が朧につゞきたり
海の朧に灯さしてそこが浪うてり
その女は今もおぼろの町にゐて

暮春

ぐじやぐと家がつまりて朧なる
けふの野が朧になりてそこにある
朧夜のみそらに何かあるらしく
沙山をのぼり行くおぼろ家二三
橿原神宮
庭ひろく畝傍神山おぼろなる
春暮るゝ星のまたゝき眺め入り
行春の藪はなびきてあるばかり
動くすべての中にゐて春を惜むなる

春雑

かたまりて山ふところに春の家

春の灯に酔へるがごとく町の人

春の宿を出でゝ渚の砂をふむ

春の宿あてやかに衣の乱れある

藤原宮址

その御代の盛りが今の春のやうに

川原寺

瑪瑙石の春がいつまでつゞくかと

岡寺の観世音菩薩を拝して

み仏の御膚春のにほひかな

霞

さゝ波がひろき霞をゆるがして

牛のろ〱暮る、霞に灯りたり

東風

広き野の東風の光りに手をあげて

春の雪

蕗の芽がほのかに紅く春の雪

水菜ぶき〱日に匂ひつ、春の雪

春の雨

思ふこと一人となりて春の雨

川清水干潟にながれ春の雨

春の霜

春の霜土蹴ちらして淋しめり

春日

石をふむおどろき春日かたふけり

春の月

野焼

春の日の若きほこりに人はある
花やかな入日のあとに春の月
春の月落ちてわたつみ我とある
わがつけてひらがる野焼こころよき
焼ひろがる野の茨小鳥くぐりゐる
焼野に遠くけふの入日がまた、きす
よるべなき旅や焼野の火に立ちて
白眼に焼野見やりて舟に乗る

春野

春の海

水温む

畑打

春野果なくあるやうに思ひ歩きゐる

春の海渡らばそこに何がある

水ぬるむ鯰がにぶき眼を瞠り

畑を打つ土くれ足になだれよる

打返す土くれに日がにじみゆく

畑を打つ鍬にひろごる夕映よ

畑打てやまず夕山峙てり

畑を打つわが影我にともなへり

耕
暮るゝ時耕してゐる我を知る

汐干
べた〱と汐干づかれを舟に寝し

彼岸
み仏のふところにゐる彼岸かな

草餅
女ばかりゐてねむごろに草の餅

踏青
踏青の十八楼をよるべかな

猫の恋
我に迫る夜のをのゝきや猫の恋
ひたなきに鳴きていづこへ猫の恋

乙鳥
燕は家にうらゝな野をありく

乙鳥は巣に一人ゐて飯をくふ
乙鳥は巣におぼろより人が来る
野の窪みうら〻雀子ふくれゐる

雀子

雀子の物を見つむる眼のうるみ
雀子のふみつ〻草におどろける

囀

囀りや暮る〻に立ちて野の匂ひ
囀りのあとの淋しさ寺に寝る
囀りや微雨にぬれたる樹のそよぎ

囀りをかしましとのみ聞きゐしが

いつからの囀りぞふと聞きにけり

囀りの林に道がわかれ入り

囀りに海のおぼろがせまりくる

鳥帰る

はてしなきみ空を強く鳥帰る

おろそかにゐる日がつゞき鳥帰る

悼井上木皮子

鳥入雲

囀りと聞きゐしが雲に入る鳥か

帰雁

山の樹々雨後のかゝやき雁帰る

蛇出穴　今穴を出でしか蛇のわだかまり

胡蝶　林中の水の清きに胡蝶かな

下萌　下萌に惹つけられてゐる鳥か

下萌の真上にぬくき日がありて

風の吹くにまかせて草は下萌る

蕗薹　蕗の薹江の白魚とならべみる

大野丘北塔址

草芳し　すこし土がのこりて草の芳ばしく

菜の花　菜の花の生る、やうに夜が明けて

梅

丈高き女三人梅に立つ

にぶき陽をあびて飯くふ梅の中

梅日南おもふともなくなまめける

柳

どや〳〵に負けて柳へなだれよる

うと〳〵す柳は絶えずうごきゐて

谷の人君送別
曇りくる柳はひろき野にもだし

桜

一しきり桜こぼるゝ紅き雲

落花

暁の落花をふみて町に入る

辛夷

林中に辛夷明るく咲たれて

馬酔木

人におづる鹿や馬酔木の花に倚り

木の芽

伐りたふす木の芽に強き日の匂ひ

我をそゝる木の芽にけふも生きてゐる

蘖

悔にゐる一日蘖まのあたり

物種

陽炎の中に物種蒔きおとす

若布

舟の若布に日さして汐の匂かな

夏

短　夜

優しくやはらかき眼のか丶やき短夜の
誰か来てゐる短夜のうつ丶なく
短夜の明けたるところ川長く

明易き

三山の神話をおもふ明易き
語りつくせず眠りしが明易く
頂がふはりと浮いて明易き
もの丶力が空にみなぎり明易く
うと〱すす草をつかみて明易き

明易く灘の汐騒こぎはなれ
出水跡草いきれして明やすき
水草は水にひたりて明易き

薄暑

薄暑このごろその閃きがものにある
くつろぎてゐれど薄暑の人いきれ

暑さ

何を齎す我かも生きてゐる暑き
大銀杏ゆるがず暑き真昼なり
暑き真上に木を伐る斧をふりあぐる

いふすべも知らず暑さを握りゐる
暑き紙に涙して書きつづくるよ
生きてゐることが暑くて尊くて

日盛

日盛の町から町へ人なだれ
日ざかりの野をありく瞬もせず
日盛やぼた〳〵落つる紅き花

土用

日の力うごく土用の大地かな

涼し

魚をどる音の涼しく一人かな

秋近し

並ぶ甍がすゞしき水の上にあり
大仏の胸のあたりのすゞしくて
踏んでゐる涼しき岩に魚のよる
朝涼に生きたる鯉をつかみゐる
井上松楼子母堂の病気平癒を祈る
み空より神のいぶきの涼しかれ
秋近く俯いて土の色を見る
秋近しこはれた舟を引きあぐる
秋近く石をひろひて投げてみる

五月

タゴール氏を迎ふ

五月の日高照りみ舟つゝがなく

五月雨

五月雨に草山円うずぶぬれて

五月雨土はもだして流さるゝ

梅雨晴

五月晴木草気を吐く真昼なり

梅雨晴のみ空に鍬をふりあぐる

雷

遠雷り裸で土をはこびゐる

夕立

夕立の広野に家が消えのこり

夕立や蟻ひそみゐる木のうつろ

雲の峰

夕立風青葉を水に吹きつくる
夕立に紅きとばりを垂れてあり
夕立の山の暗みにゆる、草
雲の峰椰子の林に日は落つる
雲の峰大河流れて海に入る
雲の峰水の都へなだれたり
雲の峰くづる、ときの閃きが

青田

法の灯が青田に流れおもふかな

清水

草にゐて清水に心ひろげたり

夏山

夏山の遠きをひしと抱きゐる

夏山をよすがに舟を漕ぎ入る、

紅毛の家夏山のいただきに

更衣

衣更へて碧落のもとに一人ゐる

衣更へてひたすらありく巷かな

衣更へてありけば鹿がついてくる

初袷

初袷簣の子に足を垂れてゐる

帷子

帷子の肌ひや〳〵と夕しめり

帷子の膝ふくらかにむかひゐる

茶摘

茶摘女うたうてゐれど日が曇り

暮るゝ林茶摘もどりに花折りに

茶摘唄暮るゝ野山にたゞよひて

茶摘労れ畳にふるゝ手のほてり

田植

田植笠端山みどりに鳥鳴けり

田植労れにうと〳〵竹はゆれゐたり

幟

この家をさゝふ一子の幟かな

夏書

満山の雲ひや〱と夏書する

深山木に対す夏書のともしかな

頼政忌

人の世は若葉の栄や頼政忌

扇

家のうつろに一人ゐて扇うごかせり

扇の箔の夕しめり手をあてゝみる

団扇

一人ゐてかたくなに団扇うごかせり

我を知るやうに団扇が眺められ

打水

納涼

嵯峨日記と団扇とそこにあるばかり

撫子を乗せて団扇の露じめり

思ひもつるゝよ団扇に眼を落す

団扇白くいさごをふみて暮るゝ哉

星にむかひて言はず団扇を動かせり

打水の門のほめきを踏みかへり

夕すゞみふるき大和の国中に

涼みゐる群にまじりて我あれど

浴衣

磐床をすべる舟浴衣しめりたり

猫の児と親とねむれり浴衣ぬぐ

裸

赤裸々に日さして汐の雫せり

大樹下に裸が二人麦を搗く

汗

汗ぼと〱小銭つかんで息をつく

汗の衣かなぐりすてゝ飯を食ふ

蚊帳

夜のしゞま大いなる蚊帳たれてあり

湖のひろきにむかひ蚊帳を釣る

蚊帳をたゝむ夏痩の眼はうるみたり

老鶯

老鶯を鳴く木をつゝく鳥もゐて

時鳥

時鳥鳴くや梢に日はのこり

鮎

鮎食うて起てば旅の日傾けり

大山の雲を下りて鮎を見る

鮎くひし忘れず訪へば女ゐる

蛍

籠の蛍はなつに心つながるゝ

蚊

明けてくる蚊のおところへに雨の音

蠅
日の筋に群がつてゐる早蠅かな

蟻
蟻をつまみて茂りの冷になげ出す

蟬
ずぶぬれの幹に啞蟬すがりつき

大台原頂上
蟬しぐれ神秘の雲にとざゝれて

毛虫
晴れてゐる空這ひめぐる毛虫にて

火取虫
火取虫書きゐる筆のをのゝける

若葉
もりあがる若葉に雲のふくれゐる
柿若葉のはつれに山がやはらかく

茂り

法悦のひたと若葉にむかひゐる

もるゝ日のうるみに若葉ふるへつゝ

若葉からこぼるゝ鳥に日が流れ

木々若葉空の空までつづきゐる

日光にて

頂に雪がぎら〳〵若葉せり

善光寺にて

み力にすがり若葉にひれふして

ゆれあへる悩みに木々は茂りあり

榮山寺

大釣鐘茂りの冷えに垂れてあり

下闇

下闇のしゞまに水の光りゐて

夏木立

あふれくる力夏木に眼をあげて

知る若き声が夏木をもれ来り

夏木立一葉一葉に影もちて

大台原頂上

靄の中に大日輪や夏木立

若竹

若竹が高きみ空へのびて行く

青芒

青芒焼けつく土に影したり

二楽荘

小径すでにすたれてひたと青芒

夏柳

夏柳夕かげる瞳あざやかに

労れて帰る暮の葉柳ずりさがり

夏草

夏草のはてしもなくて夕つく日

裾野すぐに海へつゞきて夏の草

鎌光り夏草むざと刈りたふす

夏草のもたれあひつゝ暮るゝなり

夏の草莟をもちてゆれあへり

草いきれ

草いきれ仰げば高き山のある

柿の花
合歓花

夏菊
牡丹

百合

柿の花散るときひそと光りたり
頂に雲がかたまり合歓の花
合歓の花淀みに網を投げ入るゝ
夏の菊六祖の机据うるかな
花牡丹海に大きなかげりかな
真昼日かゞやかに牡丹ゆれてゐる
牡丹白く日の衰へにうなだれて
百合の香がたゞよふ朝の露じめり

花菖蒲
杜若
松落葉
麦秋

まひ〳〵の水さゝ濁り花菖蒲
杜若すゞしき色に明けてくる
ものゝ世の光りの中に松落葉
麦秋の土の匂ひをふみありく

秋

けさの秋

衰残の身を横たへてけさの秋

残暑

ひたふるに行けど残暑の町にして
重りあひて木の葉ゆれつゝ秋暑き
弱き我に鞭ちてゐれど秋あつく
もろ〳〵のこゝろ一つに秋暑く
ふら〳〵ともたるゝ柱秋あつき
秋暑く土は悶えにかゝやける

肌寒

肌寒く柩のもとにこぞりゐる

夜寒

夜寒の壁に呪へるごとく我が影が

また、きをすれば夜寒に灯のゆらぐ

もだしゐる群に夜寒の更けわたり

冷か

ひや〱と足にもつる、葉のかげり

ふみこぼす砂ひや、かに光りたり

秋夕

水楼に我が灯ともりて秋夕

秋の夜

秋の夜の暗きに雲のうごきゐる

ますらをの言葉すくなに夜半の秋

秋深し

故郷の秋ふかく母のおはすなる

爽か

爽かな夜のとばりにふれてゐる

秋雑

雲の端に秋はうごきつ地のほてり

車中是牛子をおもふ

なつかしむその人秋の巷かな

四年ぶりに富田林に帰る

我を知る山河に秋のみなぎれり

ぐるりから我を呼ぶ秋の巷なり

稲妻

稲妻が暗き心にしみわたり

稲妻に小さき我をいつくしむ

稲妻す紙に掌ふれゐたり

天の川

天の川ふら〳〵と河に出てゐたり

天の川いさごに水のしみる音

天の川死よりも強くうづくまり

町の家が闇にかたまり天の川

月

野分あとの空のみどりに月出でゝ

甲南子と秀翠居に遊びて

二十日月札所の山のはるかなる

秋の雲

コスモスはなびきかたまり秋の雲

秋の風

黙々と巨巌に対す秋の風

水のうつろに蟻がかたまり秋の風

秋の声

明方にうと〳〵したり秋の声

秋の雨

平井武夫君の令閨を悼む

うつふきて草はうごかず秋の雨

野分

草は野分にふしたまゝ夜の明かゝり

露

野の限りを行かむ草の露光る

露光る夕あるきすこし酔うてゐる

月から降つたやうに水草の露しとゞ

霧

霧に生れて霧に老いぬる里人か

霧に立ちつくして心なまめける

秋時雨

み堂とざす音おごそかに秋時雨

田中照湖逝く

白き柩が畳に置かれ秋しぐれ

墓参

身にしみる土をふみつゝ墓参り

墓参り土にしたしくうづくまり

墓参りかすかに鳥のつゝく音

踊

寺の踊りをめぐりて闇の大いなる

子規忌

十八年感あらたなり獺祭忌

鵙

百舌鳥鳴きて日はおほどかに昇りたり

野をつゝむ大煙鵙高鳴けり

渡り鳥

渡り鳥なだるゝ土の光りたり

雲のはづれの日をふるはして渡り鳥

入日に燃ゆる雲のなだれて渡り鳥

渡り鳥くれの禱をさゝげたり

伸びきりし草の吹かれて渡り鳥

秋の蝶

秋の蝶はてなき空へ吹かれけり

蜻蛉

蜻蛉とぶ草をつかみて暮れゐたり

草にすがる蜻蛉の眼は光りたり

蟷螂

夕栄に草の蟷螂からみつく

虫

虫の空暗きに星のまたゝける

打返す土芳しく虫飛べり

草の根にとゞく夕日に虫光り

柿

柿垂るゝ道を逢瀬のよすがかな

柿赤く垂れて山べの狭霧かな

凋落の家柿赤くたれてあり

梨

梨にゐる蝿のうごかず曇りくる

芦の花

川尻に汐さし入りて芦の花

雁来紅

葉鶏頭雲のさゝやきうなづけり

葉鶏頭海の光りにほてるかな

雁来紅生きの悩みに燃ゆるかな

鶏頭

たふとき米が土にこぼれて鶏頭花

紫苑　尾花　鬼灯　菊　秋の草

土を踏む土はくだけつ鶏頭花

寝にもどる紫苑は月をあびてあり

曙の狭霧に尾花うつゝなく

鬼灯は草に旻天高きかな

菊の花下葉重なるかげりかな

暁の白菊山気ただよへり

秋の草丘より砂をふみこぼす

秋の草紅き衣の暮れのこり

秋の草腹ばひて銃をにぎりたり

野に立ちて馬はいばりす秋の草

木槿

白木槿木立くもりにかがやけり

草紅葉

簣より土のこぼるゝ草紅葉

石ころ〳〵の磧まばらに草紅葉

蔦紅葉

蔦紅葉からむその根は土にあり

紅葉

朝よりの山路紅葉に行き行けり

靄晴れて端山明るき紅葉かな

稲　芋

日のにじむ土ふみて立つ紅葉哉
どかと腹が減りし紅葉に日は映えて
手にふるゝ紅葉をつかみうつゝなく
芋の葉は吹かるゝまゝに日にひたり
稲を刈るあすの分れの胸にあり
八束穂に我世の幸をさゝやける
稲穂たれゐる中の細道したしまれ
稲刈りてあらはな土を見てありぬ

畦豆に稲の穂なだれ重りて

奉祝御大典　七句

ことし酒けふの生日の足日かな
秋の気すめり神のみ国の極みなく
菊の香みてり寿詞天地を動かせる
千五百秋菊のみ国とことほぎつ
菊の花神代久しきほこりかな
秋うら〻万歳の声野に山に
日をあびて稲穂ひとしく垂れてあり

冬

初冬

初冬の土にくひ入る日の弱り

小春

おもふことひたと小春の壁に倚る

小春の土にしみ入るやうに日のうるみ

木の葉一つ落ちて小春をゆるがしつ

冬うらゝ

ひたありきて我に返れば冬うらゝ

実棟の梢ひろがり冬うらゝ

寒さ

雨の中うす明りして木々寒く

樒一つ入日に寒うゆれてゐる

凍

梢寒う鳥とまりて日は移る
灯に暗く物がちらばり寒うゐる
生きてありやと我が影を見る寒き
鳥たちしあとに寒さと草とある
ちぎれ雲夕明りして草寒き
生き〳〵とありきてはあれど土凍てゝ
土凍てゝあり町の灯によるべなく
野に稼ぐぐるりから凍が吹おろし

どこを行くと知らず車中に凍てゝゐる
凍の果にゆらめく灯一つあり
野の凍についばむ鳥を見てゐたり
凍の中人を呼ぶ声くゞもれる
凍の底に小さき我を見出しつ
とはに星凍てゝあるべく仰がるゝ
深山木の凍に浮雲ふれて行く
わたつみの凍に船の灯ゆらぎつつ

氷

日にゆるぶ氷に草の影ゆるゝ
池の氷入日の光峰にあり
池の氷に山の尖りが吹きおろし

冬日

土くれを見て立てり冬日夕つくに
冬日南けふの労れがこゝろよく
門前の宿飯くふに冬日さす

冬雲

冬雲のぐるりがぽかと明るくて
我を襲ふやうに冬雲のびてくる

冬の月
時雨
吹雪
雪

枯枝がすがりあひつゝ冬の月
売らるゝ魚は頭をならべ夕しぐれ
大吹雪くるゝに松が聳えたり
吹雪野に捨てられてある家々よ
雪くもり山の尖りがならびゐる
雪に暮るゝ日はばうとして海の上
かはたれの雪ちれり木立小暗きに
雪に暗き海牡蠣舟の灯を出でゝ

霜

けふの宿りを雪の遠くに描きみる
踏みて行く力が雪を彩りて
蔓草の実ながら這うて霜にあり
畝の葱霜に伏し日はくもりたり
草霜に朽ち行くところ日のあたり

枯野

日の力とどく枯野に青き草
枯野の末の荒海に日がとかと落ち
枯野行く一人に海と山とある

夢殿の暮を枯野へありきたり

冬田

雲のかげり大きく冬田うごもてる

日の曇り草よろ〳〵と冬田かな

そともなく冬田に糸を投げ出だす

山の木々明るく冬田くるゝかな

冬の水

ふみわたる石にひゞきつ冬の水

火鉢

虐げられし人らと囲む火鉢かな

労れきつてぐたと火鉢にうなだるゝ

埋火

埋火や昼のはなしの残りある

法悦の埋火に語りつくしたり

焚火

こんな暮しがいつまでつづく焚火せり

浜焚火潮はなだれて光りつゝ

火燵

火燵より起ちて栄なき夕餉かな

火燵より呼ぶ声ひくゝ更けわたり

炭

夜の底にうづくまり炭火かこみをり

足袋

湖をへだてつる山ぬく〱と足袋を干す

寒垢離
蒲団
義仲忌
芭蕉忌
冬の蜂
笹鳴
牡蠣

雑買うて行く紺足袋の男なり
生きの限りの叫びと聞かれ寒垢離す
花蒲団日にほか〱とふくれゐる
義仲忌もろきに与す涙かな
芭蕉忌の瑠璃のみ空におもひしむ
冬の蜂影夕映の土にあり
笹鳴の這裡の消息何かある
牡蠣を割る女うしろに男ゐて

千鳥

川千鳥暮の茜に鳴き去りつ

水鳥

群れにゐる水鳥が首をもたげたり

山茶花

山茶花の散る時ひそと眼を伏せて

山茶花に青き小鳥が下りてくる

返り花

知る家あり知る人出でつ返り花

石蕗花

花石蕗の広葉つやゝかにかぎろへり

冬薔薇

かくてある我にて足れり冬薔薇

寒椿

花にうときつ日のつゞきしが寒椿

実南天
枯雞頭
枯　草

実南天こぼるゝに雞は眼をふたぎ
枯雞頭あたゝかに実のこぼれある
鴨の毛をむしる枯雞頭うなだれて
枯草に新しき日がとけながれ
葉はすなほに枯れて踏まるゝまゝにあり
枯草を踏む鹿どもに日が光り
鳥下りて枯草に腹をすりつくる
山のなだれに枯草ひそと日に光り

枯草に提げてゐし物おろしたり

冬菊

冬の菊かたまれり山べあたゝかに

水仙

水仙の影うごもてる土にあり

隣から火をかりて来つ水仙花

冬草

けふとなりて庭の冬草目にぞしむ

轍ふかく没し生きゐる冬の草

葱

暗き家に葱さげて女もどりたり

根深汁けふの労れにうと〱す

落葉

落葉ふむ険しき心尖りゐる
大銀杏立てりあたりに落葉して
落葉掻いて端山暮るゝに母います
山落葉暮るゝに鳥は鳴きゐたり
日の匂ひほこ〳〵霜の落葉ふむ
落葉吹きひろがる所日があたり
落葉掻くひゞき林の明け暗み
掻きためし木の葉崩れて山暮るゝ

枯木

枯木立うら〳〵に鳥は群れ飛べり
枯木立壁はひねもす吹かれあり
大比叡が枯木の上に雪白く
枯木まばらに大きな鳥がとまりゐる
枯木なだれに蔓草むざと垂れ下り

冬木

冬木立仰げばみ空高きかな
遠き山に日は落ちぬ冬木あた〳〵かく
冬木山聳てり野にうづくまる

膓にしみる音しつ冬木立

空のみどりがつゞく冬木に日の弱り

谷懐に家二三冬木日のあたり

日の曇に梢ならぶる冬木かな

冬木山眼をあげて見る力なく

几湫子の帰郷を送る　二句

港々の冬木におもふことあらん

故郷の宿の冬木をよるべかな

知る家ありと冬木道灯に過ぐる

冬木桜

干菜

かれいひを冬木桜に掛けておく

訪へばあらずその母一人干菜つる

薬師寺仏足跡碑の前にて　五句

枯草にうつゝともなくうづくまり

もろ人我の影が小さく枯草に

思ひこしみあと石今しまのあたり

冬うらゝみあとぬしの装ひ見るごとし

碧落のはるかに冬の鳥飛べり

新年

元日

元日や廓然として海と山

初日

現つ神しろしめす国の初日かな

初日今かれ葉きらめき鳥鳴けり

白きもの青きものそこに初日あり

土をふむよろこび初日昇りけり

初東雲

おごそかな初しのゝめに海の音

年礼

年礼の巷の空のひろきかな

歯朶

一人ゐる昼のしゞまに歯朶たれて

蓬萊
恵方
屠蘇
とんと
手鞠

蓬萊の南は海へかたふけり
日の筋を南へ恵方詣かな
恵方よりそれて渚をたゞありく
御代の栄の朝日さしつゝ屠蘇にゐる
屠蘇にゐる心うごきつ日の流れ
枯草をふみてとんとの火にあたる
夕栄に大きな手鞠ころげたり
手まり唄隣の凍をもれてくる

歌留多
福寿草

歌かるた函谷関の雞が
籠にゐる小鳥に晴れつ福寿草

解説　野田別天楼――小寺昌平

『雁来紅』（はげいとう）は大正九年（一九二〇）四月十五日に発刊された野田別天楼の第一句集で小型文庫判、一〇三頁、四〇銭。大正四年から同八年までの作品から自選句五百句が掲載されている。

句集名の『雁来紅』は、計画段階では『渡り鳥』として発行される予定であった。

「倦鳥」大正九年第五巻第三号二十二頁に次のような広告が掲載されている。

> 別天楼句集
> 渡り鳥　一冊
> 定価四十銭　送料二銭
> 近五年間に作りたる小生の俳句中より
> 五百句を自選せるもの。

三月上旬発行

大阪府南河内郡富田林町

野田別天楼

そして翌第五巻第四号二十二頁に

別天楼句集

雁来紅　一冊

定価四十銭　送料二銭

『渡り鳥』といふ故人の句集あるに心づきたれば

前記のごとく改題せり

発行所　大阪府南河内郡富田林町

野田別天楼

があり、発行の直前になって改題されたことが分かる。

『雁来紅』の「序」に、

大正四年から八年まで、五年間に作つた私の俳句の中より、五百句を自選したのが、この雁来紅である。

大正九年二月　　野田別天楼

と記されているのみで、「あとがき」に類するものがないが、「倦鳥」大正九年第五巻第五号に「句集刊行にあたりて」（野田別天楼）があり、発行の経緯が詳しく述べられているのでここに引く。

私が俳句に指を染めてから殆んど三十年になる。これを三期に分けてみる。第一期は月並俳句に没頭してゐた六年間、第二期は日本派俳句を信仰してゐた十九年間、尤もこの中十四年間は休止してゐた。第三期は句作に復活した最近の五年間である。この長い歳月の間に私の作つた俳句は、少なくとも一万には達してゐるだらう。雑誌や新聞に発表した丈でも二三千あるだらう。

その間私は自分の句集を刊行したいと考を起したことは無かつた。一家の句集は一代の宗師たる人が没後に、その門下などによつて編まるべきで、作者自ら句集を刊行することは、烏滸の沙汰であるといふ考さへ持つてゐた。随つて私は自己の俳句を書き留めておくことすらしなかつた。自己の俳句に対する執着心は毫も持つてゐなかつた。

然るに私は昨年の十月になつて、ふと自分の句集を編んで見たいと思ふ心が起つた。それによつて私の過去を反省して、将来の句作に資したいといふやうな考も心のどこかに潜んでゐたのであらうが、それよりも私は私の暗い、弱い、悲惨な生活の記念として、私の生活の反映と見るべき最近五年間の俳句を集めて見たいと思つたのである。

私は大正三年から現在へかけて悲惨な生活を続けてゐる。富田林から御影へ、御影から畝傍へ、畝傍からまた元の富田林へと、僅か五年間に転々して席暖かならざる生活を続けてゐる。悲しむべきこと、憤るべきこと、恥づべきこと数々を、この小さい弱い心で堪へて来た五年間、常に私の心を慰め、私の心を励まし、私に鞭つて呉れたのは俳句であつた。若し私が俳句に親しむことが出来なかつたら、私は煩悶の余りにどんなことをしてゐたかも知れない。修養の乏しい私は絶望、落胆も、悲観の極に陥つて仕舞つたであらう。私が兎にも角にも小さい努力を続けて来たのは全く俳句の賜であつた。この忘れることの出来ない五年間を記念する為に句集を編むことは、あながち無意味なわざでもあるまいと思ふ。

そこでこの最近五年間に作つた俳句を雑誌や新聞や旧い手帳の中などから捜し出して書きつけて見たが、二千余りを得ることが出来た。その内から幾何を取るべきかに迷つた。誰かに選を依頼しようかと考へたが、此貧弱な句集の為に厄介をかけるのは済まないと思つた。自分の良いと思ふだけを選り出して見ようと思つたが、良いと思ふにいろ〳〵程度があつて、真に自信のある句は殆んど無い。寧ろ頭から五百句と限つて採択することが手つ取り早いと考へた。五百句といふに何も理屈はない。百頁位の小冊子にしたいと思つたばかりだ。さて五百句にして読み直してみると削りたいと思ふのが大分ある。捨てた中に比較的良いものがあつたかも知れない。迷つては際限が無いから大概にして置くことにした。それを四季に分ち、乾坤、人事など旧式の分類をするのに面倒な手数をかけた。

さて句集を通読して見ると、甚だ慊らない感じがする。平凡な句、陳腐な句、嫌味のある句、一体に小主観が言詞の上に現れ過ぎてゐる。感傷的な句、悲観的な句、これは私の生活が産んだのであるから仕方がないとしても、それが余りに力弱い。五年間の努力がこんなものかと思ふと情なくなる。寧ろ出版を見合せた方が良いと思つたが、断行する勇気が無い。

誰かに頼んで序文を書いて貰はうかと考へたが、詰らぬ書物の序文を書くほど迷惑なことはないと気づいて之も廃めた。表紙の題字も自分で書き、何もかも私の手でやつた。原稿の清書を終へて印刷に付する準備の全く出来たのは十二月の上旬であつた。

いよ〳〵刊行の段となつて倦鳥との関係もあるから山本印刷所に交渉した。工場の移転や活字の改良杯の都合で二三月頃にして欲しいとの事であつた。急ぐわけもないのでそれに従つた。本年の二月になつてまた交渉したが、色々の事情で段々遅くなつた。私は遅くも三月上旬には出来るものと考へて倦鳥に広告を出した。非売品として頒つことが出来たらどんなに快いであらうに、それが許されない。代価四十銭と書いて、いやになつた。二月の末あたりから続々申込を受けた。三月の末になつても刊行の運びに行かぬ。あちこちから催促を受けた。一々言訳の返事を出さねばならぬ。印刷所へ嘆願して四月十五日までに出版の約束をした。四月十五日が来ても音沙汰が無い。気が気でない。十九日に印刷所へ往つて聞くと四月の末にならねば出来ぬらしい。こんな貧弱な句集一つ出す為に、半年間もやき〳〵思ふのはいやなことだ。寧ろ刊行を止めて仕舞たいと思つたが断行する勇気がない。意思の弱い私自身を奈何ともすることが出来ないのである。

【四、二〇】

「句集刊行にあたりて」の全文である。

掲載句の対象となった直近の五年間を、「悲惨な生活を続けてゐる」とし、「この忘れることの出来ない五年間を記念する為に句集を編む」と、刊行の動機を述べている。
掲載句の中に、

衰残の身を横たへてけさの秋
天の川死よりも強くうづくまり
我を襲ふやうに冬雲のびてくる
こんな暮しがいつまでつづく焚火せり
生きの限りの叫びと聞かれ寒垢離す
雁来紅生きの悩みに燃ゆるかな

があり、句集名になったと思われる雁来紅の句（六句目）からも苦悩の一端を垣間見ることができる。また、文面全体からは謙虚で実直な人物像が浮かんでくる。収められている句は全体に言葉はやさしく、平明な作品が多い。

大正十年六月十一日に、東大寺で行われた朝日俳句大会で「社会改造と俳人の使命」の演題で行った講演の最後を次のように締めくくっている。

現代の俳人は相誡めて生活の緊張を図り、文化の向上社会の改造に貢献するところあらねばならぬ。単に十七文字を連ねるだけが俳人の天職ではない。生活に目覚めることが俳人の先づ努むべき根本義である。私はそれを俳道の骨髄と思ふ。私は社会改造の為め俳道樹立を提唱するものである。

ここにはまた別天楼の社会観や謹厳な性格とともに、俳句を通じて自らの人格形成をはかってきた姿勢を窺い知ることができる。

この句集を編むにあたり、原本の目次に掲載されていた季語をそのまま掲句の上に転記した。現在の歳時記であれば「生活」に分類される「野焼」の項に、「地理」に分類される「焼野」の句が混在するような例が数箇所みられるが、原本に従った。また「奉祝御大典　七句」、「薬師寺仏足跡碑の前にて　五句」の前書があり、連作とみられる作品群には季語を付していないのも原本の通りである。

別天楼については、不明な部分も多く、まだまだ語り尽くせていない感が否めないが、今後さらなる調査や研究が進むことに期待して筆を擱く。

最後になったが、この集は塩川雄三さんの担当予定であった。氏の諸事情から私がかわって編集した。

略年譜

野田別天楼（のだ・べってんろう）

明治二年（一八六九）五月二十四日、備前国邑久郡磯上村（現・岡山県瀬戸内市）に生まれる。本名要吉。

明治一八年（一八八五）上阪した後、大阪、奈良の中学校で教職に就く。教員仲間と作句し、生田南水（生田花朝の父）の選を受ける。初入選は、

初売と初売門で出逢ひけり　其水
（別天楼の当時の俳号）

明治二八年（一八九五）日本新聞の愛読者となる。俳号を別天楼に改める。

明治二九年（一八九六）日本新聞に投句を始める。大阪毎日新聞、正岡子規選の課題句「夏の海」で入選、

魚飛んで夏の海しづかに暮れたり　別天楼

日本新聞以外に雑誌「文學会」に投句し、高浜虚子、河東碧梧桐、大野洒竹の選を受ける。十一月十九日、網島の鮒卯楼で開かれた第二回京阪満月会に出席、後に同会幹事に就任する。

明治三〇年（一八九七）子規の指導を受け「ホトトギス」に投句。四月、天満の寒山寺で開催された第一回大阪満月会に参加。九月五日、東京の佐藤肋骨が旅行の途次大阪へ寄るので聴蛙亭（水落露石居）で臨時会が開かれる。十月、満月会創設満一周年記念の冊子『京阪俳友満月会第一句集』に、

朝市や夏菊の露薔薇の露　別天楼
柴舟に上﨟のせて春の川　同

がある。

明治三一年（一八九八）一月、露石の発起で、聴蛙亭において蕪村忌が営まれ参加。

明治三二年（一八九九）五月十四日、京都東山病院に勤めていた石井露月と滞阪中の二六新報記者中村楽天を招いて開かれた大阪満月会に出席。

八月三日、山陽線瀬戸駅で大阪から来る松瀬青々を迎え、後楽園を観て再び乗車し宮島駅下車、宮島に渡り福本旅館泊。翌日嚴島神社参拝後、海水浴。午後宇品で魚釣。船中泊後伊予高浜に上陸し道後に宿泊。五、六日の滞在中に松山の柳原極堂を海南新聞社に訪問。九月三十日、青々が「ホトトギス」の編集のため単身で上京する。

明治三三年（一九〇〇）　四月八日、三日月会の納会句会を開き、会員全員が満月会の会員となる。

大正四年（一九一五）　青々の「倦鳥」の同人となる。

大正六年（一九一七）四月、奈良県立畝傍中学校に奉職。阿波野青畝（橋本敏雄）の担任となる。

大正九年（一九二〇）　四月十五日、第一句集『雁来紅』を刊行。

大正一〇年（一九二一）　六月十一日、東大寺で行われた朝日俳句大会で「社会改造と俳人の使命」の演題で講演を行う。

大正一一年（一九二二）　十二月二十六日、報徳商業学校（現報徳学園中学校・高等学校）校長に就任（昭和七年三月三十一日退職）。

大正一四年（一九二五）から**昭和四年**（一九二九）にかけて『蕉門珍書百種』三五冊の解題を担当。

昭和九年（一九三四）「足日木」（あしびき）創刊。「俳句研究」創刊号（第一巻　第一号　昭和九年三月一日発行　改造社）一四一頁に次の句を発表。

「除夜の鐘」

満月にさはる雲なし除夜の鐘
除夜の鐘一つ二つと数へけり
除夜の鐘黄鐘調と聞きにけり
罪ふかき身にしみ〴〵と除夜の鐘
除夜の鐘句の魂のよみがへる
除夜の鐘草木に霜の下りにけり
けだものも聞きてあるべし除夜の鐘
除夜の鐘仏くさくもなかりけり
除夜の鐘寝てゐる人のいびきかな

除夜の鐘聞きも果さず寝入りけり

昭和一〇年（一九三五）「雁来紅」（がんらいこう）創刊・主宰。

昭和一六年（一九四一）句集『野老』（ところ）発行（雁来紅社）。

昭和一九年（一九四四）九月二十六日永眠、享年七五歳。

●参考文献

俳誌「倦鳥」
山陽新聞社『岡山県歴史人物事典』
角川学芸出版『俳文学大辞典』
改造社「俳句研究」
三省堂『現代俳句大事典』

あとがき

大阪の誇るべき俳人野田別天楼句集『雁来紅』は大正九年四月に刊行された第一句集で作者五十一歳のときのものである。句を抽出する。

春（一一一句）から

神代よりつづきて永き日なりけり

思ふこと一人となりて春の雨

よるべなき旅や焼野の火に立ちて

今穴を出でしか蛇のわだかまり

暁の落花をふみて町に入る

夏（一四〇句）から

生きてゐることが暑くて尊くて

雲の峰水の都へなだれたり

火取虫書きゐる筆のをの、ける
草いきれ仰げば高き山のある
牡丹白く日の衰へにうなだれて

秋（一〇四句）から

百舌鳥鳴きて日はおほどかに昇りたり
葉鶏頭雲のさゝやきうなづけり
朝よりの山路紅葉に行き行けり
稲刈りてあらはな土を見てありぬ
日をあびて稲穂ひとしく垂れてあり

冬（一二七句）から

我を襲ふやうに冬雲のびてくる
大吹雪くるゝに松が聳えたり
枯野行く一人に海と山とある
こんな暮しがいつまでつづく焚火せり

花にうとき日のつゞきしが寒椿

新年（一八句）から

恵方よりそれて渚をたゞありく

屠蘇にゐる心うごきつ日の流れ

五〇〇句の中から各季節毎に選んでみたが、何回も読みかえしているうちに別天楼の俳句の世界に入りびたってしまった。好きな句、良い句は沢山あったが五句ずつにしぼった。

句集は読んでいて楽しく、学ぶべき句が多い。一句一句について解釈をしたり、感想をのべたいがそれは別の機会にしたい。各自の思いは異なるので句集というのは面白いし楽しみがある。久々に名句集に出会ってよかったと感謝している。

塩川雄三

編著者略歴

小寺昌平（こてら・しょうへい）

昭和27年　大阪生まれ
平成元年　「青門」入会、高木青二郎に師事
大阪俳句史研究会理事
大阪俳人クラブ常任理事
大阪市生涯学習ルーム俳句教室講師
「姫路青門」課題句選者

明治時代の大阪俳人のアンソロジー

野田別天楼句集　雁来紅（はげいとう）
二〇一八年九月一九日　第一刷
編著者——塩川雄三・小寺昌平
編　集——大阪俳句史研究会
〒664-0895　伊丹市宮ノ前2-5-20　㈶柿衞文庫　也雲軒内
発行所——ふらんす堂
〒182-0002　東京都調布市仙川町一-一五-三八-2F
電　話——〇三（三三二六）九〇六一　FAX〇三（三三二六）六九一九
ホームページ　http://furansudo.com/　E-mail info@furansudo.com
装　丁——君嶋真理子
印刷所——三修紙工
製本所——三修紙工
定　価——本体一二〇〇円+税
ISBN978-4-7814-1106-4 C0092 ¥1200E